철학하는 개

철학하는 개

—

초판 1쇄 2017년 3월 27일
지은이 권영오
펴낸이 김영재
펴낸곳 책만드는집

—

주소 서울 마포구 양화로3길 99 4층 (04022)
전화 3142−1585·6
팩스 336−8908
전자우편 chaekjip@naver.com
출판등록 1994년 1월 13일 제10−927호
ⓒ 권영오, 2017

—

ISBN 978−89−7944−608−1 (04810)
ISBN 978−89−7944−354−7 (세트)

책 만 드 는 집　시 인 선 090

철학하는 개

권영오　시집

책만드는집

나무의 흉터가 등불이 되듯이
후회가 지피는 불꽃인들 왜 없겠는가…

2부　오목

3부　큰물

4부   철학하는 개

1부
안전한 인생

설경

밟히는 것은 누구에게나 고통이지만
밟는 것은 가난한 자에게도 쾌감이다
난생 첨 열어보는 선물 같은 길을 나서는 것

아무도 분간할 수 없는 뻔한 길가의
저 지친 설경도 풍경은 풍경이지만
움츠린 발자국 위의 발자국은 광경이다

안전한 인생

이제 나는 더 이상 꿈꾸지 않는다
끝없이 추락하는 엘리베이터에 갇힌 꿈
질식의 공포에 사로잡혀 잠에서 깨면
쌔근쌔근 잠든 현실이 곁에 있었다
그때만 해도 떨어지지 않기보다는
한발 더 높이 오르는 일에 골몰했다

폐소와 고소의 복합된 공포를 넘어
필생과 필사의 강까지 건넜지만
쓸 만한 운명이라곤 나타나지 않았다
스스로 긍휼히 여긴다는 자기 연민
그 더러운 기분과 지금의 명쾌함이
한 몸속 한통속이라는 걸 믿을 수가 없다

다만 떨어지기 전에 내려오지 못한 것과
뺏기기 전에 미리 놓지 못한 것들과
더 깊이 안아주지 못한 후회가 송구할 뿐

상승할 수 없다는 좌절을 나는 사랑한다
떨어질 곳이 없다는 안전함에 굴복해
하늘에 반짝이는 저 별들도 나는 사랑한다

주님의 평화가 여러분과 함께

평화란,
대가리 터지도록 싸운 후에
한 놈 찍소리 못 하도록 뻗은 후에
그제야 마지못해서 찾아드는 뻘쭘한 정적

눈의 여왕

세상이 고요하다
그분이 오셨다
눈의 여왕, 그녀의 찬 살갗은 나도 안다
차가운 그 손길로 나를 어루만진 적이 있다

우리에게는 아뢰지 못하는 슬픔이 있고
그녀에게는 고백 못 할 멍에가 있을 것이다
씻을 수 없다면 덮어나 보자고 눈이 내린다

암각 暗刻

아무리 폼 나는 과거라도 그걸 요약해
누군가에게 평가받아야 한다는 것은
화려한 유적 위에다 흠집을 내는 일이다
더욱이 터벅터벅 고개 꺾고 돌아와
전화기를 만지작거리는 자신을 발견할 때
직업엔 귀천이 없지만 인간에겐 귀천이 생긴다

사는 게 다 그런 거라고 자위하면서도
내가 선 자리는 조금 더 어두워지고
턱없이 눈부신 그 자리는 더 밝아지는 현실
목 터져라 외치던 시위를 끝내고도
여전히 허전한 손아귀를 흔들며
살아온 자체가 착각인 것 같은 때가 있다

이럴 때 눈치 없이 보내오는 예수 천국
육신이라는 미끼로는 낚을 수도 없고
가두어둘 수도 없다는 걸 누구나 다 알지만

없으므로 기를 쓰고 매달리는 게 신인 것처럼
사람의 목소리가 신의 음성으로 느껴질 때
인생은 물 만난 짜장면처럼 불어터질 수도 있다

비루한 자의 삶의 특성이 어떤 식으로든
변명하고 모면해 나가는 것에 있다면
용감한 자의 특질이란 뻔뻔함에 있는 걸까
지나온 자국마다 김칫국물처럼 찔끔찔끔
흘려놓은 자책과 묻혀놓은 땟물을
어렴풋 깨달을 땐 이미 어긋나고 만 것이다

노동의 종말*

아 경망스럽게도
똥 닦고 냄새 맡아보았다

혼신의 노동이 맞이하는 최후

잘 가라
욕지거리여
안간힘이여 피땀이여

* 제러미 리프킨의 동명 저서.

첫차

첫 시내버스 풍경은 먹먹한 구석이 있다
묵묵한 뒤통수들, 막막하기도 하다
떨어진 기온에다가 바람까지 거든다

어제는 빵빵하게 틀어주던 히터를
오늘은 찔끔 흉내만 내고 있다
대체로 이쪽의 삶이란 엇박자가 난다

제식훈련 할 때 죽어도 발을 못 맞추던 것처럼
기우뚱 기우뚱대며 겨울이 깊어간다
더 멀리 가기 위해서 더 깊이 흔들리는 아침

꽃이 피는 아침

밤사이 내리던 비는 그쳤으나
철없는 개나리는 여전히 피어 있다
기왕에 꽃을 피웠으니 질 때까지 견딜밖에

겨울 볕에 넘어가 꽃을 피우는 동안엔
이런 날이 올 줄은 몰랐을 것이다
한 번쯤 되물릴 수 있는* 생은 어디에도 없다

철없는 꽃들 앞을 지나쳐 오면서
새벽이라 생각했다 이른 아침으로 정정한다
새벽이 성성하기는 해도 밥 버는 동안은 서러워진다

빚쟁이를 찾아가는 맘으로 길을 나선다
저녁에는 다시 한파가 올 거라고 한다
뒤엉켜 웅덩이를 만든 빗방울이 빛난다

사람이 빛난다는 건 어떤 의미일까?

빛을 통해 도달할 수 있는 경지는 어디쯤일까?
다 알던 답을 까먹고도 아쉽지가 않다

* 황지우 「노스탤지어」.

두려운 슬픔

1
꽃이 폈다,
송구하게도 자꾸 눈에 들어온다
개똥밭에 굴러도 이승이 좋다는데
꽃밭에 와서 굴러도 지옥이 밝힌다

두려움을 이기는 게 용기라고 배웠지만
꽃 피고 사람은 지는 아수라 세상에서
슬픔도 흉기가 된다
피에 젖은 슬픔

2
통조림 깡통 속에도 수평선이 누워 있다

미친년이 돼버린 불쌍했던 그 여자

피눈물
물은 물끼리
죄는 죄끼리 끌어당긴다

달과 나

달이 떴다 나는 출근길 그는 퇴근길
그 사연에 대해서는 묻지 않기로 하자
구태여 말하지 않아도 짐작되는 부류가 있다

빤히 들여다보이는 생계에 대하여
묵묵히 걸어가야 할 길에 대하여
뒷덜미 움켜잡듯이 채근하는 바람까지

서부의 사나이들이 등을 지고 걸으며
스스로 운명을 결정하던 옛날처럼
그와 나 등을 맞대고 새벽길을 걷는다

그가 가야 할 저 하늘의 길은
내가 가야 할 길보다 더 차고 어둡다 한다
후광은 여전히 밝아 발밑을 비추는데

핏국

구치소 앞 삼거리 함박눈이 내렸다
풍성하게 김이 오르는 선짓국을 뜨며
감옥과 갇힌다는 것에 대하여 생각한다
누군가 남은 이에겐 다행이기도 하고
누군가 잃은 이에게는 불행이기도 하고
우리는 사랑으로써 감옥을 짓기도 한다
그가 보는 눈발과 내가 보는 눈발은
그저 담장을 힐끗거리다 주저앉는다
감옥을 마주하고 앉아 선짓국을 뜨는 오후
저 너머의 걱정과 이쪽의 고민도
불어서 녹여줄 입김으로 가능한 것
각각의 삼거리에서 저마다의 눈은 내리고

복기 復記

꼬불꼬불 웅크린 생각들이 굳어 있다
온전한 고정관념이다 되돌릴 수 없다
발췌한 생각의 끝을 다시 한번 우려낸다

목젖을 도려내자 걸려 있던 말 울컥 쏟아진다
오래전에 삼켰을 마른 눈물이 묻어 있다
이렇게 시원하도록 말문이 터진 적은 없었다

열어놓은 뱃속이 내장탕 가마 같다
무너진 억장도 한 점 접시 위에 올린다
피 맛은 알코올로만 씻겠다던 그였다

콩닥콩닥 뛰놀던 시계가 멈춰 있다
맺힌 것도 쌓인 것도 없이 그는 꿰이고
냉철한 이성과 더 차가운 가슴 위로 홑이불을 덮는다

범어 성당

복개천 하수가 요단강처럼 흘러드는
범어동 언덕 위에 성당이 새로 섰다
눈알이 튀어나올 듯 성당이 천당 같다

짜장면집 커핏집 노래방에 횟집까지
옛날 천당엔 없던 것도 쌍으로 들어서서
그분도 선녀 델꼬 와 두어 시간 찍고 갈 것 같다

빌면 비는 대로 다 이루어질 것 같은
너무나 아름다운 기도의 집 범어 성당
멀고 먼 하늘보다는 문밖에 천당

곱창 골목

막창과 곱창을 함께 섞어 구우며
깨끗이 때를 밀고 불판 위에 올랐을
짧았던 어린 짐승의 생애를 생각한다

이렇듯 불지옥마저 견디는 게 삶이라고
바지에 똥을 지리듯 처절한 냄새 피우며
막창에 암을 달고 떠난 친구를 생각한다

막창이나 막장이나 종점이 가까웠다는 것
푸르게 불타오르는 불판을 갈아놓으며
가쁘게 흘러내려 갈 토사곽란을 생각한다

엄나무 에로티카

엄나무는 특수형 콘돔처럼 생겼다
도깨비방망이 같기도 한데 약재로 쓰인다
요즘은 삼蔘보다 나은 대접을 받기도 한다

나도 기왕이면 엄나무가 되고 싶다
바지춤에 숨어든 음흉한 터럭 말고
우리를 흔들던 풍진세상 싱싱한 가시로 박혀

그 크고 검은 입안에 구멍을 내주고 싶다
엄나무는 특수형 콘돔처럼 생겼는데
딱 한 번 세상을 향해 엄나무가 되고 싶다

2부
오목

상동 시절

비가 오는 만큼 울적해지던 시절이 있었지

우리에게는 뜨거운 비의 추억이 있고

따스한 생각이 도는 혈관이 있고 피가 있고

활짝 핀 수수꽃다리 아래 젖어들고 스며들며

그대와 더불어 아름다운 그 세월

비만큼 그리워지는 시절에 당도하였네

오목

백일홍 꽃이 지고
백일홍 잎이 지고

진자리 비가 내려
한기가 드는 아침

그대의
시린 발끝에
따신 입김 한 모금

달콤 쌉싸름한 초콜릿*

버스를 막 탔는데
주머니 속 전화가 운다

아내일 것이다
그냥 웃을 것이다

아내는 미안해서 웃고
나도 미안해서 웃고

* 라우라 에스키벨의 동명 소설.

사이비 신도처럼

밥 먹고 댕기그라 차 조심 하그라는
용하다는 성직자도 못 해준 사랑의 말씀
했던 말 또 하고 또 하는 게 종교의 한계라면

알렐루야 아멘에다 관세음보살에 이르기까지
이 눈치 저 핑계로 슬하를 벗어나
한 번도 교리대로는 못 사는 사이비 신도에게

쉰

속으로만 잠기던 물결이 출렁한다

깊어진 슬픔의 수심 높아진 눈물의 수위

몸보다 크고 너른 항아리가 남자에게 있다

물밥

엄마를 묻고 돌아와 밥을 먹는다
밥 많이 먹으면 나을 거라 하셨으므로
이 또한 나을 거라며 고봉밥을 먹는다

슬픔도 아픔처럼 딱지가 앉는 것인지
후루룩후루룩 눈물에 밥을 말며
당신의 물밥 위에도 숟가락을 기웃거린다

자꾸자꾸 배가 부푼다, 슬픔의 봉분
슬픔은 아픔과 달라 쉬 낫지 않고
당신도 차도가 없는지 온몸으로 불룩하시다

길

화성에도 물이 흐른 흔적이 있다고 한다
내 눈가에도 물이 흐른 흔적이 깊다
시간이 뚫고 나간 길
슬픔이 쓸어 간 그 길

6월

6월은 한풀쯤 꽃빛도 꺾이는 달

바람 부는 잎사귀 조금 더 아름다워지고

벗어둔 속옷을 찾아 입으며 속을 줄도 아는 달

옛집

요즘은 자주 옛집이 생각난다
매달리기 좋은 버드나무가 있었고
마당에 주렁주렁 무화과가 열리던 그 집

고교 시절 연탄가스를 마시고 실려 갔을 때도
아무 일 없었다는 듯 시치미 떼고 받아주던 집
혼자서 벽에 기대앉아 울기에도 좋던 집

그 와중에도 주인집 누나에게 집적댔다가
주인아줌마에게 불려가 혼나기도 했던 집
뜻대로 되는 거라곤 아무것도 없던 집

풀어놓은 재생 두루마리 같은 길을 밟으며
어둡게 어둡게 하모니카를 훑던 집
교련복 깃 세우고 찾아가 문 두드리고 싶은 그 집

친구가 죽었다

친구가 죽었다 테레비에 나왔다
소문난 죽음과는 별도로 그에게는
두 살 난 쌍둥이 딸이 있다고 한다
죽음이란 이곳에서 한발 비킨 저곳으로
아랫마을에서 웃마을로 옮기는 거라고
잘난 척해 온 눈앞에 부고가 날아들었다
수십 년 견뎌야 할 결핍과 상실
모든 행복을 놓아두고 친구가 죽었다
불행도 모른 척하고 친구가 죽었다

독백

은행나무 움 사이에 앉아 잠시 울고 갔다

딱새였을까

우두커니 그 소리를 들었다

누구나 하소연하고 싶은 세월은 있다

덩달이

나이 먹고 덩달아 우는 날이 많아졌다
이 땅의 슬픔이 보편화된 것인지
보편적 인간으로 내가 다시 사는 것인지

최근에는 남의 기쁨을 따라서도 잘 운다
언젠가 내가 슬펐을 적에, 기뻤을 적에
멀리서 울어준 모든 눈시울에… 경배

순애보

곳감과 홍시가 한 접시에 기대어 있다
자발적으로 살가죽을 벗겨낸 곳감과
저절로 썩을 때까지 버텨보는 홍시
결사 항전 목숨을 내놓은 곳감과
목숨이 다하는 그날까지의 홍시와

더 붉고 더 빛나는 것들, 머물 수 없으므로

공명 共鳴

선릉역 5번 출구에
다리 없는 남자가 앉아 있다

저도 제가 이렇게 될 줄 몰랐습니다

못 본 척
지나치는 나도
이렇게 될 줄은 몰랐다

또다시 우리에게

갓 나온 폴라로이드 사진을 흔들듯
나뭇잎 팔랑거리고 바람이 불어온다
사람도 5월도 속속 선명하게 드러난다
서걱대던 생각도 웅크렸던 궁리도
저마다 주어진 채도 한껏 높인다 해도
바람은 숨겼던 색감 드러날 때까지 흔들 것이다
저렇게 흔들려 뚜렷해질 수 있다면
한 생이 화려하게 인화될 수 있다면
내 멱살 바람에다 바치고 나부껴도 좋겠다

처서

배 지난 자리를
물이 다시 덮어주듯

그대 지난 자리에
여치가 와서 우네

울음은
저기 저 멀리
당신도 저 멀리

3부
큰물

송인 送人 *
– 이용상 시인을 추억함

다시 눈이 온다, 설상가상은 아름답지만
그것이 인생의 어느 때라면 절망적이다
삶이여, 겨울밤처럼 차고도 깊구나

산다는 건 나도 모를 무언가를 기다리는 것
길 위에서도 더 먼 곳을 떠올리는 여행자처럼
이제 와 후회하는 건 이렇게 될 줄 알았다는 것

긴 시간을 함께해도 바람처럼 지워지는 이가 있고
바람처럼 스쳐 가도 흉터로 남는 사람이 있다
사람은 사람에게 가장 아름다운 장식이 아닌가

꽃밭이 미어터질 듯 붉게 불던 바람이라면
그를 추억하는 문장이 될 수 있을 것이다
죽음은 겨울밤처럼 선명하게 비워놨구나

* 고려 후기 정지상의 동명 시.

도마뱀

꼬리를 잘라놓고 도마뱀이 사라졌다
어긋난 진화의 길목에 버려두었던
조악한 전생이 잠시 다녀간 것 같다

직립의 첫머리에 나누었을 몸짓이
여전히 꿈틀거리며 말을 걸어오지만
거두도 절미도 이젠 언어의 바깥이다

여전한 본성으로 살랑대는 꼬리가
거듭된 오류 끝에 입속에 들어앉았다
또 한 겹 벗어난 어느 날 잘라버릴 꼬리 세 치

큰물*

해 떨어지다 팽나무 가지 끝에 걸렸다
직박구리 쪼다 가고 바람이 핥다 간다

달 뜨다
우듬지에 걸렸다
반도 안 남았다

* 제주시 조천읍의 포구 마을.

야생꽃잎보호소

벗새 떼 날아와 벗나무에 앉았다
저 연한 둥주리에도 깃들어야 할 뜨거운 것 있어
기어코 한라산 언저리 넘어왔을 게다

아직은 싸늘하여 코끝 붉은 바람처럼
꽃잎이란 대엿새 봄밤을 밝히다
북녘을 저어서 가는 속절없는 것이지만

힘에 겨운 바다 넘어가는 동안에는
해신당 촛대에도 불꽃 날개 돋아나
대륙의 어둠 속까지 동행이 될 것이다

꽃잎의 날갯짓 또한 위태로운 것이어서
한 줌 바람에도 쉬 날개 찢겨 떨어진다면
꿈자리 사나운 봄밤 잠조차 쉽지는 않으리

그래도 좋다면 날개 다친 꽃잎 그러모아

야생꽃잎보호소 떡하니 차린다 해도
새로이 날개 돋고 향기 돌아 먼 바다 건너자 할 때

어떤 구실로 상처 더해 주저앉힐 것인가
오늘은 찬 하늘에도 야생꽃잎보호소 열어놓았는지
캄캄한 풀밭마다에 난분분 꽃 천지다

잠비

국숫집 골방
이불처럼 웅크리고

옆방에 수런대는
젓가락 소리 듣네

반나마
덮인 눈꺼풀
다 자지는 못하고

별의 영정

소똥처럼 말라붙어 이제는 빛을 잃은
가난한 별의 영정을 나는 보고 있다
어쩌면 분신 끝에 남은 유골인지도 모른다

누군가의 마음속으로 들어가는 일이란
이렇게 몸이 달고 속이 타는 것인데
우리는 그 사람을 위해 별이 될 수 있을까

터무니없는 치기 끝에 날아가 앉은 자리가
어느 행성의 싸구려 박물관이라 하여도
안으로 들어가는 것은 신성의 부근이다

몰려들던 냉혈의 행렬을 물리고 난
이 칠흑의 어둠이 내가 찾던 그 마음이다
그을린 구석을 위해 잔광 밝혀 드는 일

방사선 위험 지역

한마음 병원에서 엑스레이를 찍었습니다
숨을 참고 움직이지 말라고 하여서
지정한 동작으로만 멈춰 있었습니다

하나아, 두울, 세엣! 됐습니다
웃옷을 챙겨 입고 밖으로 나왔더니
흔들려 다시 찍어야 한다고 했습니다

그 짧은 순간도 참아내지 못하고
가슴속을 흔들어놓은 것은 누구일까요
나조차 몰랐던 마음 들킨 것 같아 머쓱했습니다

그가 마음 놓을 곳을 가리키기 전에
알아서 가슴을 꽉 밀어붙였습니다
서늘한 손길 다가와 심장을 만지는 듯했습니다

누가 와서 아무리 흔들어댈지라도

대칭 진 하얀 창살 그 안에 있을 겁니다
내 마음 이젠 소리가 나지 않습니다

벗

벗이 없어 아무도 찾는 이 없으니*
적막하지 않은가
기막히지 아니한가

잔 잡아 권할 이 없으니**
잘못 살아왔구나

* 『논어』 학이편.
** 임제 「청초 우거진 골에」 중.

함덕

썰물이 빠지고 배가 기울었다
믿었던 세상에 뒤통수 얻어맞듯
영원히 떠받칠 줄 알았던 부력이 쇠했다
기진한 포구에 맨발로 걸터앉아
생전 처음 들여다본 아버지의 발바닥
기나긴 항해 끝에 드러난 밑바닥을 읽는다
배를 띄운 것은 풍랑의 높이였으나
지탱해온 것은 그의 족문이었으므로
지워진 해도海圖 같은 흔적 나도 따라갈 것이다
배가 기울었다, 해 지는 함덕 포구
달 뜨고 물 들면 무논에 발 담그듯
낮아서 더 깊은 세월 빨려들어 갈 것이다

빈집

거푸집을 마주하고 사람들이 울었다
뱀이 저의 허물을 벗어두고 가듯이
매미가 저의 껍질을 남겨두고 날듯이

새로운 생각 끝에 날개를 꺼내 달고
어느 높은 가지 위로 올랐을 뿐인데
벗어둔 옷가지 위에 꽃을 던지며 운다

꽃의 어느 부분이 위로가 되는 걸까
주인 없는 앞마당에 환히 불을 밝히고
뜻 없이 이유도 없이 흐느끼다 가는 빈집

등대지기

1
보이는 길과 가야 할 길이 다르듯
멀리 비추는 등대로는 터무니없다
내 길은 물길보다 더 험하고 가팔라

산에서도 어렴풋 등대가 보인다
언제부터였을까 산길에서보다
훤히 튄 물 위에서 더 자주 길을 잃게 된 것은

2
손만둣집에서 퐁당퐁당 저녁을 먹네
창 너머 길게 펴놓은 수평선이 찰랑거리네
골이 진 생계를 갈며 우물우물 배가 한 척

만장굴

출렁거리는 공복을 안고 활보하는
저 공백들은 누가 어떻게 채울 것인가
바람의 내장을 보았고 병력病歷을 다 읽은 후

상련

− 킬링필드

그의 눈은 월식에서 막 돌아온 달 같다
소리 없이 나무젓가락처럼 걸어온 생애가
흙탕의 허리 참에서 부유하고 있다

아무리 촘촘한 그물을 드리운다 해도
저 지친 수심으로부터 건져 올릴 수 있는
찬란한 미소 따위는 아예 없을 것이다

칭칭 동였던 슬픔의 마개를 따고
사려온 이야기가 첨잔처럼 넘칠 것이니
또다시 파문 일으키며 솟아나는 샘물

좀처럼 바람이 일지 않는 나라에서
바람이 자지 않는 나라를 볼 테지만
산담*에 가둬야 할 통증의 양을 나는 세지 못한다

* 제주도의 무덤을 둘러친 돌담.

관코지*

오래 앓다 보면 고통도 삶의 한 부분이 되듯
깊이 사랑하다 보면 상처도 사랑의 일부가 된다
관코지 오랜 정박碇泊 위에 얹히는 파도처럼

어느 벌판이든 그만한 바람은 불고
어떤 꽃잎이든 그만큼은 흔들렸을 것이다
썰물로 물러나는 것들과 날숨처럼 사라지는 것들

흔들리는 빗방울이 슬픔의 표식이라면
내가 비록 뜬금없는 일이라 여긴다 해도
꾹 참고 참은 후에야 쏟아지는 것이다

아무리 잘 산 사람도 삐끗했던 날은 있고
아무리 막 산 사람도 목숨 걸었던 치정이 있다
관코지 사나운 세월을 버티는 저 검은 첨단

* 제주시 조천읍의 곶.

풀벌레 소리를 듣다

풀벌레 언성이
높아진 것 같다

귀 얇은 초승달이
지붕을 넘는 동안

앞마당
풀을 죄 뽑고
숨어 듣는 아우성

별꽃

솜틀집 안마당
볕 드는 동안

볕 아래 잠든 강아지
코 고는 소리

코끝에
팔랑거리는
명주나비 흰나비

4부
철학하는 개

철학하는 개

창살 안쪽 두 개의 눈알 박힌 짐승이 있다
눈을 감은 것은 보지 않겠다는 게 아니라
뇌리에 날아와 박힌 두려움을 보자는 게다

마찬가지, 창살의 외부도 측은지심뿐
저 웅크린 짐승이 자신이라 하여도
실의의 본질을 찾아 골똘할 것이다

후미진 골목길 돌아 개장수도 멈추고
흥정이라도 되는 듯 잠시 밀고 잠시 당기다
신경 딱 끊어버리고 지퍼를 내릴 것이다

나는 술래다

방바닥의 개미를 으깨어 죽인다
전능의 손길이란 바로 이런 거다
때때로 신도 나처럼 까닭도 이유도 없다

개미의 진로를 볼펜으로 막는다
출구를 찾지 못해 우왕좌왕 뱅뱅 돈다
역전의 머리카락은 보이지 않는다

인셉션

씻을 수 있으리라 생각했다
흔적
주문注文과 주문呪文 사이
요구하지 않고 초래한다

초현실
검은 장막과,
반대편으로 내리는 비

―오래된 기억이다
　적어도 우리에게
　기억의 양이 꼭 시간에 반비례하지는 않는다
　기억은 어디에서고 폐허에 씨를 뿌린다
　그래서 무성하다
　우거지고 우지진다
　현실에서 우는 것과 과거 속에서 우는 것
　옛날은 닦을 수 없으므로 오늘까지 젖는다

빨간 구두 아가씨

발밑에 발딱,
곤두서 박혀 있다
저렇게 짓이기고 싶은 당위가, 당연이
무릎 위 깊은 곳 어느 지역에 남은 것일까
우리가 필연의
과녁이라 오해해온
연표와 유래가 그녀로 하여금
바닥을 곤두세우게 한 동력일 것이다

문을 나서기 전
습관처럼 슬쩍
저 야만의 부리를 쓰다듬었을 테지만
나 또한 그녀의 발밑에 곤두서 있다 미안하다

비결

내가 아는 누구에게도 비밀은 없다
관객이 만드는 오해라고나 할까
타인의 호기심으로 그 사람을 조립했을 뿐

아무리 거대한 욕설을 퍼부어도
밑 빠진 허공을 메울 수는 없다
어떠한 횡포 앞에도 상처 입지 않는 아침처럼

절정

몇 년 만에 잠결에 한 줄 얻어 기록하다

눈을 뜨는 순간 반 넘게 날아갔으나

그 황홀 몽정보다도 훨 낫구나, 올레~

통증 클리닉

왼 무릎이 아파온다, 그럴 줄 알았다
내 길은 애당초 외로 난 경사여서
통증도 왼쪽으로 좀 기운 채 달려든다

고문이라도 당한 거라면 떠벌리기라도 하련만
영문 모를 왼쪽에는 마땅한 변명도 없다
그들이 걸어온 길과 내 길이 닿아 있다

내 병은 내가 알지만 고칠 수는 없으나
오르로 조금만 더 경사를 더한다면
영원히 무릎 꿇지 않고 살 수 있을 것 같다

이촌

긴 꼬리를 흔들며 기차가 지나갔다
돌이킬 수 없는 게 당신뿐이랴마는
꿈에서 깨어나 앉듯 시월 서른 날도 다 갔다

미련 없이 나부끼는 버즘나무 잎처럼
기차에 태워 보내는 마음이면 좋겠다
불타던 태양마저도 심지 내리는 저녁나절

더 뜨거울 수도 더 빛날 수도 있었으나
온전히 그대를 사랑하지 못했으므로
오던 길 되돌아가며 목 놓아 울고 싶었다

사랑은 늘 다가오는 것으로 오해해왔다
바람 냄새만으로 폭풍을 예감하던 날들
그 눈길 우발이라고 뭉뚱그리던 세월이었다

어떤 말로도 기울 수 없는 실책이 있고

기운 자리는 헌데보다 선명하게 남는다
울음도 끝난 자리에 재차 고이는 슬픔

망연자실 자리를 지키는 불빛처럼
이촌역 계단에 나는 그늘져 있다
긴 꼬리 절레절레 흔들며 막차가 지나간다

비와 새

새 날아간다, 젖지 않는 날개를 가졌으므로
비바람에 몸 맡기고도 태연히 날지만
날개에 가려놓았던 목소리가 젖었다

눅눅한 목소리는
젖은 옷보다 서럽다

새는 사라지고 비는 날아서 온다

남겨진 사람처럼 비는
엎드려 운다

좌절하지 않는 아이처럼

바람이 차다
거세다
꽃샘잎샘
참새 혓바닥 새순 대차게 견디고 있다
질긴 척 당당하던 잎 떨어진 그 자리

순한 여린
연약한
부드러운 새잎이다
자주 울면서도 좌절하지 않는 아이처럼
한 번도 울지 않으며 늘 꺾이던 그 자리에

호모돌로리스*

다 아문 모양이다 눌러봐도 통증이 없다
더러더러 환상통이 닥치기도 하겠지만
사라진 것에 대한 애착만큼 허망한 것도 없다

자포자기하고 싶었던 밤이 있었다
좀처럼 장애를 인정할 수 없는 사람처럼
아무리 참담한 폐허라도 새순은 돋는다

큰 나무 뽑힌 자리 온갖 잡초 만발하듯
내 마음 드디어 잡념으로 가득하여
누구도 이정표 따위 걸지는 못하리라

냉정한 자만이 상처를 기록한다
냉정하지도 고통을 즐길 줄도 모르지만
내 마음 송두리째 무너졌던 곳 끝내 기록하느니

* 슬픔의 인간, 『아름다움의 구원』 한병철.

완전 정복

정복이란 외부를 내부에 가두는 것
밖이었던 당신이 안으로 들거나
껍질인 내가 당신의 깊은 속이 되는 것

그렇다면 딱 한 삽만 가슴이 무너졌을 때
본의 아니게 내부가 외부에 드러날 때
상호간 경계가 끝내 상처로 연결될 때

정복이라 말할까 다시 사랑이라 할까
정복이란 한 번도 가본 적 없는 외부에
누구도 찾을 수 없는 희망 세포 심어두는 것

인샬라

지평선에 구멍을 내며 아침 해가 떠오르자
하산은 머리에 쓰고 있던 터번을 풀어
사하라 모래 위에 깔고 엎드려 절을 한다

그가 성심을 다해 조아리는 방향은
태양이 빛나기 때문이 아니라
그 사람 마호메트가 걸어간 곳이다

첫날밤의 기억으로 일생을 사는 여인처럼
탐욕스런 눈길 앞에서도 주눅 들지 않고
조아려 받들어 모실 우상을 품었다는 것

전혀 성스럽지 않은 도심의 전봇대 아래
무릎 꿇고 주여 외치는 자들도 있지만
광신과 성스러운 것이 딱 한 끗 차이더라도

이들이 받아 드는 저 성인이 비운 공간과

행적에 쏟아지는 우연의 일치에 대해
이단의 왜소한 입술로 성이니 뭐니 운운할 건 아니다

경건한 오렌지 빛깔의 이 아침 햇살도
스치듯 잠깐 기울어간 후에는
낙타도 견디지 못할 폭양으로 떨어진다는 것

그 아래 갈래갈래 찢긴 사랑의 관례란
얼마나 무도하고 무엄한 것인가
생사를 나누는 것은 오직 진설한 마음의 방향일 테니

경복궁

관광객 한 무리가 사진을 찍는다
근정전 앞 품계석을 엉덩이에 깔고

기무치!

환한 이 사이에
아, 옛날 옛날이여

아일랜드

잠결에 문득 아일랜드가 생각났어
한여름에도 북극의 바람이 불어오고
이탄을 태우며 활활 위스키가 익어가는 곳

물끄러미 대서양 앞바다를 뉘여놓고
홀짝홀짝 부둣가에 죽치고 앉아
빨갛게 얼굴을 익혀가며 취해보고 싶어

그리고 세상을 향해 편지를 쓸 거야
슬그머니 눈물을 짓기도 하겠지
참으로 그윽하다고, 참으로 그리웁다고

그 낯선 등대에 머리를 찧어가며
일없이 사연도 없이 서러워할지도 몰라
등대와 아이리시 위스키, 그대의 아일랜드

맥박

세월이 가는 소리를 듣는다
아직은 따뜻하고 촉촉한 나라
부단한 침식작용이 불러올 벼랑을 안다

지는 잎이라든가 흔들리는 성신星辰
이런 것도 시간의 형식인 줄 알았는데

오류다
보이지 않고
오직 들릴 뿐이다

패배의 정석

언제나 떠들썩하게 찾아오는 친구처럼
천둥 번개를 동반한 비가 내렸다
악수로 그를 보내고 우두커니 앉아 있다

비 소식을 전하지 않고도 무사하다
내가 오늘 이토록 괴로워하는 것은
실패한 때문이 아니라 패배했기 때문이다

대찬 인생

누가 봐도 의문스러운 배우자의 죽음 앞에서
죽어도 시신에는 칼 댈 수 없다며
의혹을 묵살해버린 소심함도 인생이지만

꼬인다는 이유로 전신 성형을 감행한
무데뽀야말로 사는 것처럼 사는 게 아닐까
똑바로 세우고 싶은 삶을 산다는 것

손대는 족족 휘고 부러지는 지경에도
터무니없는 저주가 씌었을 거라고는
단 한 번 생각조차도 못 하는 미련

사는 게 누추하고 구질구질하게 느껴질 때
손해를 좀 보더라도 서슴없이 칼을 휘둘러
인생을 더 예리하게 깎아낼 수는 없었을까

한없이 고요하고 맑은 거울 앞에 서서

그만큼 고요하고 편안하게 썩어가는
인생도 나름대로는 환부일 테지만

누구세요

내 마음 언제나 깃털처럼 가벼웠으니
구태여 다리橋를 지나지 않더라도
맘먹은 것만으로도 강을 건너곤 했다
빵꾸 난 바퀴마냥 막 굴렀다는 건 아니지만
아무리 길게 찢은 다리를 내밀어도
강폭은 이제 조금도 좁혀지지 않는다

입안에서 슬쩍 굴려보는 것만으로
훌쩍 강을 건너고 바다를 건너고
어쩌다 발병이 난다는 산맥을 넘기도 했다

깨달음은 언제나 후회 끝에 오는 것
추락이란 당연히 떨어지는 게 아니라
흔적도 남기지 않고 사라지는 걸 수 있다
떨어진 해는 내일이라는 기약이 있지만
사람에게서 떨어진 사람은 지워지는 거다
광폭의 저 강물 눈물이란들 누가 알겠는가

혈맹

한 사발 피 뺀 자리
모기가 재차 빤다

때려잡으려다 생각하니
어차피 남 주기로 한 것

피 묻은 입술을 닦고
우리는 형제다

곡노 哭奴

슬픔의 표피를 쓰다듬다 돌아가는
그의 뒷모습에 낭패가 삐져나왔다
목 놓아 울고 싶어 하는 마음이 다 보인다
알뜰히 간직해온 고통이 말라가고 있다
뉘 고르듯 유쾌한 기억을 골라내는 손
요즘은 눈이 어두워 구별이 가지 않는다
작정하고 사나흘 울어도 보지만
더 이상 슬픈 곡조가 아니란 건 그도 안다

아깝다
너무 퍼냈다
아껴둘 걸 그랬다

다 아문 상처 위에 아까징끼 덧칠하듯
물 빠진 기억을 꺼내 재탕 삼탕 우려본다
싱거운 눈물은 싱거운 웃음보다 못하다
울다 남은 사연이라도 챙기고 싶지만

슬픔은 가지가 아니라 뿌리라는 것
뱉는 게 아니라 삼킨다는 것
그가 놓쳤다

이중 자물통

죽음이라면 땅속에 가두는 것이어서
영문도 모른 채 새를 묻었다 감쪽같다
한 번 더 숨이 붙더라도 어쩌지 못할 것이다
무덤이란 몸을 닫고 흙으로 겹을 친
이를테면 이중 자물통쯤 되는 것인데
영 또는 혼이라는 것, 날개보다 자유로울까

무덤 위에 작은 새 날아와 운다
저처럼 섧게 오래 운 적이 있었다
다시는 돌아올 수 없게 달구질을 하는 동안
생물과 무생물로 나누어지는 동안
전생을 돌아보듯 하늘을 봤던 것인데
사람도 한 뼘 새도 한 뼘 허공만 남겨놓았다

피안

영하 13도, 바람이 묻는 것 같아
무사하냐고 살 만하냐고, 그립지는 않으냐고
아직은 괜찮은 것 같다고 나도 대답을 하지

여전히 궁금한 세상이 있기는 해도
제 발자국을 지우고 울부짖는 늑대처럼
가끔은 사람을 피해 숨고 싶은 날도 있다고

히말라야 산중 눈보라 속에서
벌거벗고 땀 흘린다는 수도승을 생각해
이 세상 악다구니 너머, 느낌 너머의 그 무엇

내 시를 위한 변명

무엄하게도 나는 가끔 '산문散文 시조'를 생각한다

먼저 내 시의 약점부터 말해야겠다. 아는 사람은 다 아는 것처럼 '3장 6구 12음보'라는 시조의 기본을 제대로 지키지 못하는 것이다. 국민학교 시절부터 배워온 것인데 이걸 지키는 것이 왜 이렇게 어려운 것일까?

담이 높을수록 그 밖은 더 궁금하게 마련이다. 그 궁금증을 해소하기 위해 담을 넘어 탈출하고 싶은 욕구 같은 게 내게 있는 모양이다. 나의 시도가 파격이 아닌 결격으로 지적받을 때마다 담을 넘기는 넘었는데 그 앞에 학생주임이 버티고 있었던 학창 시절이 오버랩된다.

약점을 자인했으니 이제는 그에 대한 변명을 좀 길게 덧

붙인다고 해도 거슬리지는 않을 것이다. 분명한 것은 내가 지향하는 시조는 규칙으로부터의 '탈출'이 아니라 '외출'이라는 것이다. 탈출이란 그곳으로부터 완전히 달아나는 것을 말하지만 외출은 나갔다가 다시 돌아오는 것을 가리킨다. 그로 인해 더욱 어정쩡하게 읽힐 수도 있는데, 그것이 바로 문학과 예술의 본령이라고 생각한다. 즉, 금기를 부수는 일. 하다못해 개구멍이라도 뚫어보는 일. 그것 없이 온순하고 착하게만 쓰기에는 여전히 피가 뜨겁다.

이미 자인한 바와 같이 내가 자행하는, 일견 과실로도 비치는 과음보의 문제는 엇시조나 사설시조의 범주에 포함되는 것이다. 그러므로 음보를 벗어났다는 일부 눈 높은 평가에 대해서는 그다지 의미를 두지 않는다. 음보에서 벗어났다면 엇시조 아니면 사설시조라는 말이 되니까. 아, 물론 종장의 첫 음보를 훼손하는 문제에 있어서는 유구무언이다.

정형시로서의 시조, 너무 헐렁하지 않은가?

무엄하게도 가끔씩 '산문 시조'에 대해 생각한다. 귀신 씻나락 까먹는 소리로 들리기는 할 것인데 3장 6구 12음보를 벗어나지만 시조로 보아줄 수 있는 권영오의 시조는 산문 시조로 불러달라는 요청이다. 스스로를 변호하기 위한 편파적인 의도가 적나라하게 드러나는 바이긴 하다. 그렇지만 형식과 음보에 대해 갑갑함을 느낀 적이 있는 시인이라면 한 번쯤 진지하게 생각해볼 가치가 있을 거라고 생각한다.

사실 시조는 자주 비교되는 일본의 '하이쿠'에 비해 지나치게 자유롭다. 아마도 이것은 무엇에든 '덤'을 얹어주는 인정에서 비롯됐을 것이다. 그러나 이 덤이라는 것이 지나치게 후하다 보면 산 물건과 얻은 물건의 경계가 모호하게 된다. 본품보다 훨씬 비싼 사은품을 제공하는 여성지처럼.

그리하여 3장 6구 12음보를 완벽하게 구현한 단수라면 진정한 의미의 정형시로서 시조가 되지만 그 외에는 산문 시조에 가까워지는 것이다. 하이쿠가 소네트와 함께 세계적으로 인정을 받는 것도 확고부동한 정형성 덕일 것이다. 그러니까 '이럴 땐 되고 저럴 땐 안 되고, 누구는 되고 누구는 안 되고'가 아니라 잘난 시인이든 못난 시인이든 완벽하게 틀에 넣지 못하면 격格을 격隔한 것이므로 시조라는 고색창연하게 빛나는 이름에는 합당하지 않다.

이 뜬금없는 산문 시조론論은 이를 장려하자는 의도라기보다는 완전한 형태의 단시조에 보다 집중하자는 최면에 가깝다. 붕어빵이든 국화빵이든 심지어 용가리빵이라고 해도 완벽한 빵틀 안에서 구워지지 않으면 각각의 이름으로 불러줄 수가 없다. 그 반죽이 넘쳐 실제의 빵틀보다 훨씬 더 헐렁한 빵이 됐다면 붕어빵을 닮은 빵, 국화빵을 닮은 빵, 용가리빵을 닮은 빵일 뿐이다.

어떤 장르가 됐든 지나치게 형식에 천착하다 보면 내용을 놓치기가 쉽다. 아무리 정형을 잘 지키더라도 감동이 없다면 그것은 낙서에 지나지 않는 것과 마찬가지다. 시조가 '스도쿠'가 될 수는 없는 일 아닌가. 시조단이 문단의 한 조직이 되지 못하고 동호회 수준으로 취급받는 것도 숫자만 맞으면 작품으로 인정해주는 후한 인심 탓일 것이다. 그리고 그들을 정략적으로 이용하는 관행 탓이기도 하다. 내가 이런 말을 할 수 있는 것도 나 자신이 떳떳하지 못한 등단 과정을 거쳤기 때문이다.

정형을 깨는 것도 금기에 대한 도전이기는 하지만 내용에서 금기를 깨지 않으면 그저 꼴값으로 비치기 십상이다. 내가 꼴값을 해봐서 아는데 세월이 흘러 심봉사 눈 뜨듯이 시를 보는 눈이 생기면 그야말로 혀 깨물고 죽고 싶어질 만큼 부끄러운 일이기도 하다. 결국 꼴값으로 인한 최대의 피해자는 시인 자신이다. 이러한 비극을 미연에 방지하기 위해서는 선배 및 동료들의 가차 없는 비평이 필요하다. 요즘의 비평이 대부분 그렇기는 하지만 지나치게 달달하다. 시인으로 하여금 착각하게 만든다. 이 역시 내가 착각을 해봐서 아는데 부끄러운 일이다. 선심 써서 한 줄 써준 것을 곧이곧대로 믿고 '시조 영재' 코스프레를 하기도 한다.

매를 맞아본 사람은 알지만 칭찬을 들을 때보다 매를 맞을 때 깨닫는 바가 훨씬 더 크다. 물론 당장은 욕설이 튀어나오지만 곰곰 생각해보면 수긍할 수밖에 없는 상황이 대부분이다. 그러므로 이 시집을 읽는 과정에서 발견되는 오류라든가 꼴값에 대해서 가차 없는 비평을 기다리는 바이다.

제주의 추억과 대구의 현실 혼재

이번 시집에 수록된 시들은 10년에 걸쳐 쓴 것이다. 당연히 특정 주제에 대해 집중하지 못하고 산만하다. 기왕이면 '스펙트럼이 넓다'고 말해준다면 고마운 일이지만 아니어도 할 수 없다.

지난 10년간 많은 일이 있었다. 가장 큰 변화라면 민주국가가 경찰국가로 변모한 일이다. 누군가를 사랑하는 것도 힘이 들지만 누군가를 미워하는 것은 사랑하는 것보다 곱절은 더 힘들고 진이 빠지는 일이다. 화염병이 촛불이라는 평화로운 불빛으로 바뀌었다고 해서 민중의 분노가 덜한 것은 아니다. 그 대열에 주도적으로 끼지 못한다는 사실이 슬프기는 해도 지지하고 분노하는 마음은 마찬가지다.

그 와중에 제주시 조천읍에서 대구시 수성구로 주거를 옮겼다. 제주도에서 썼던 담담하고 평화로웠던 시가 냉소적이고 비관적이며 한편으로는 날카롭게 바뀌었다. 발전인지 퇴보인지는 모르겠다. 10년이라는 시간은 퇴보하기에는 넉넉하지만 발전하기에는 턱없이 짧다. 어떻게든 잘 써보고 싶었는데 마음뿐이었다.

굳이 장章을 나누기는 했어도 큰 의미는 없다. 시기별로 나누려는 생각도 없지는 않으나 워낙 칠락팔락 고르지 않은지라 불가능했다. 감정의 편차가 심했고 수시로 관심사가 바뀌었다. 그렇다 보니 시기적으로 나누기보다는 공간적으로 나누는 것이 보다 합당한 것 같았다. 그렇지만 그 또한 명쾌하지 않았다. 결국 1부는 감정을 기준으로, 2부는 개인사를 중심으로, 3부는 제주라는 배경을 앉혔다. 4부에서는 나눌 수도 없고 더할 수도 없는 시들을 모았다. 사실 4부에서는 보다 전위적인 시들을 얹고 싶었다. 잘나간다는 '미래파'에 대한 동경 또는 아류 같은 것이지만 그것으로 시조의 지평을 넓힐 수 있다면 기꺼이 시도할 의사가 없지 않았다. 그러나 시조의 독자들이 기대하는 것은 전위가 아니라 전통이며, 유감스럽게도 새로운 언어를 해독하기에는 지극히 정직한 시선을 가졌다는 것 또한 감안해야 했다. 하기는 내 시를 두고서도 무슨 소리 하는 건지 모르겠다는 시인도 있음에랴.

어떤 가수는 감당하기 어려운 고음을 만날 때 관객에게 마이크를 돌리기도 한다. 마찬가지로 어떤 시인은 다루기 힘든 주제를 끌고 와서 모호하게 얼버무림으로써 평가절상을 노리기도 한다. 치사하지만 그런 생각을 한 적도 있다는 걸 고백해야겠다.

모든 작가가 그렇듯이 내 눈에도 내 시는 어느 것 하나 빼놓을 게 없는 것으로 보인다. 굳이 그중에서 더 마음이 가는 작품을 고르라면 「상동 시절」 「물밥」 「관코지」 「송인送人」이다.

비가 오는 만큼 울적해지던 시절이 있었지

우리에게는 뜨거운 비의 추억이 있고

따스한 생각이 도는 혈관이 있고 피가 있고

활짝 핀 수수꽃다리 아래 젖어들고 스며들며

그대와 더불어 아름다운 그 세월

비만큼 그리워지는 시절에 당도하였네
　―「상동 시절」 전문

　상동에서 살던 시절은 내 인생에서 가장 아름다웠던 시기다. 대구시 수성구 상동에서 결혼을 하고 역시 상동의 단칸방에서 상동의 전셋집으로 옮겨 가며 무한 행복을 누렸다. 무엇보다도 젊었으므로 더 아름답게 기억되는 것이리라. 고장 난 '새생활보일러' 회사가 없어지는 바람에 난방 없이 둘이 꼭 껴안고 겨울을 나던 기억이 새롭고 애틋하다. 좁은 마당에 딱 한 그루 수수꽃다리가 자라고 있었다. 봄이면 그 가난한 마당 가득 꽃향기가 넘쳤다.

　엄마를 묻고 돌아와 밥을 먹는다
　밥 많이 먹으면 나을 거라 하셨으므로
　이 또한 나을 거라며 고봉밥을 먹는다

　슬픔도 아픔처럼 딱지가 앉는 것인지
　후루룩후루룩 눈물에 밥을 말며
　당신의 물밥 위에도 숟가락을 기웃거린다

자꾸자꾸 배가 부푼다, 슬픔의 봉분
슬픔은 아픔과 달라 쉬 낫지 않고
당신도 차도가 없는지 온몸으로 불룩하시다
　　　　　　　　　　　　　－「물밥」 전문

　내용 그대로 엄마를 묻고 돌아와서 쓴 시다. 사모곡이라
기보다는 나 스스로 위로받기 위해 쓴, 좀 이기적인 시라고
해도 좋겠다. 엄마를 묻은 지 6년이 지났는데 아직도 실감이
나지 않는다. 온전히 함께 보낸 시간이라고 해봐야 13년쯤
될까? 지금도 그냥 엄마 따로 나 따로 살던 그때 같다. 가끔
혼자서 엄마 산소에 갈 때가 있다. 커피 한 잔 따라놓고 생
전에 엄마가 좋아하시던 〈섬마을 선생님〉을 부르면서 춤을
추기도 한다. 살다 보면 누구나 눈물이 차오를 때가 있고,
엄마 핑계 대고 한바탕 울고 나면 또 살아갈 힘이 생긴다.

　　오래 앓다 보면 고통도 삶의 한 부분이 되듯
　　깊이 사랑하다 보면 상처도 사랑의 일부가 된다
　　관코지 오랜 정박碇泊 위에 얹히는 파도처럼

　　어느 벌판이든 그만한 바람은 불고

108

어떤 꽃잎이든 그만큼은 흔들렸을 것이다
썰물로 물러나는 것들과 날숨처럼 사라지는 것들

흔들리는 빗방울이 슬픔의 표식이라면
내가 비록 뜬금없는 일이라 여긴다 해도
꾹 참고 참은 후에야 쏟아지는 것이다

아무리 잘 산 사람도 삐끗했던 날은 있고
아무리 막 산 사람도 목숨 걸었던 치정이 있다
관코지 사나운 세월을 버티는 저 검은 첨단
—「관코지」전문

이 시는 제주 시절을 집약하고 있다. 대구로 옮겨 와서도
자주자주 관코지를 찾았다. 올레길이라는 것이 생기는 바람
에 좀 번잡해지기는 했지만 그 시절의 관코지는 적막하다고
나 해야 설명이 될 만큼 고요했다. 물론 바다는 그렇지 않아서
큰 물결이 출렁거리는 날이 많았다. 그 바다에서 난생처음 야
생의 수웨기(돌고래)를 봤다. 이제는 땅값이 올라 엄두도 못
낼 일이지만 그 일대 땅을 사버리는 계획을 세우기도 했다.

다시 눈이 온다, 설상가상은 아름답지만

그것이 인생의 어느 때라면 절망적이다
삶이여, 겨울밤처럼 차고도 깊구나

산다는 건 나도 모를 무언가를 기다리는 것
길 위에서도 더 먼 곳을 떠올리는 여행자처럼
이제 와 후회하는 건 이렇게 될 줄 알았다는 것

긴 시간을 함께해도 바람처럼 지워지는 이가 있고
바람처럼 스쳐 가도 흉터로 남는 사람이 있다
사람은 사람에게 가장 아름다운 장식이 아닌가

꽃밭이 미어터질 듯 붉게 불던 바람이라면
그를 추억하는 문장이 될 수 있을 것이다
죽음은 겨울밤처럼 선명하게 비워놨구나
—「송인送人」 전문

　재작년 겨울에 작고한 이용상 시인을 추억하는 노래다. 같은 마을에 살았던 그는 '큰물'이라는 마을의 큰 나무였다. 제주에서 이웃하며 살던 사람들 모두가 이용상 시인에 대해 존경의 마음을 갖고 있어서 놀라워했던 기억이 생생하다. 낯선 제주에서 넘치는 보살핌을 받았고 시적으로도 그

외적으로도 많은 가르침을 받았다. 특히 시인은 음식 이야
기를 할 때 즐거워했다. 전문가의 식견으로 들려주는 각종
음식 애기는 듣는 것만으로도 입안 가득 흥건히 침이 고일
정도였다. 그의 상가를 나와 생가의 돌담을 어루만지며 오
랫동안 서 있었던 기억.

1
꽃이 폈다,
송구하게도 자꾸 눈에 들어온다
개똥밭에 굴러도 이승이 좋다는데
꽃밭에 와서 굴러도 지옥이 밟힌다

두려움을 이기는 게 용기라고 배웠지만
꽃 피고 사람은 지는 아수라 세상에서
슬픔도 흉기가 된다
피에 젖은 슬픔

2
통조림 깡통 속에도 수평선이 누워 있다

미친년이 돼버린 불쌍했던 그 여자

피눈물
물은 물끼리
죄는 죄끼리 끌어당긴다
−「두려운 슬픔」 전문

　좀 아쉬운 작품으로는 「두려운 슬픔」을 들어야겠다. 밥
한술 뜨는 평범한 일상조차 죄짓는 것 같은 마음이 들 때가
있다. 이 나라를 이 모양으로 몰고 온 박근혜와 그 일당에
대해 이 정도로밖에 쓸 수 없다는 점에서 좌절감을 느낀다.
내가 지닌 언어능력의 한계이며 분노의 한계이기도 할 것
이다. 세월호에서 희생된 아이들과 같은 또래의 아들을 키
우면서, 그 또래의 아이들이 이 나라에 대해 가진 분노의 크
기가 어른들이 상상하는 것의 몇만 배는 더 된다는 걸 안다.
그래서 다시 미안하고 송구하다.
　동물도 늙을수록 지혜가 생긴다는데 이 땅의 어떤 사람
들은 그 꽃 같은 아이들을 잃고서도 태연하며 또 뻔뻔하기
도 하다. 이 나라를 떠나고 싶어 하는 아이에 대해 그래도
이 나라가 제일 낫다는 말을 해줄 수가 없어서 또 미안하다.
누군가와 정권을 나눠 가진 것도, 재벌들에게 뇌물을 요구

한 것도 우리와는 별 상관없는 일이다. 어차피 그 돈이 우리 것이 될 리는 없을 테니까. 그러나 우리의 아이들을 버렸다는 것은 그들과 우리가 동일한 생물종이라는 것조차 믿을 수 없을 만큼 거대한 죄악이다.

문학이라는 것은, 시라는 것은 이러한 끔찍한 고통에 대하여 반응하고 방어하고 치유하고, 하다못해 함께 울어주기라도 하는 일이 아닐까? 칠레의 작가 로베르토 볼라뇨가 그의 소설 『칠레의 밤』에서 "작가는 침묵에도 책임을 져야 한다"라고 한 말이 자주자주 떠오른다. 혹시 대한민국을 뒤덮고 있는 죄악들이 작가라는 이름을 지닌 자들의 침묵으로 인해 더 크게 자라는 것은 아닌지, 더 크게 자라왔던 것은 아닌지.

구차하지만 내가 지닌 말의 크기보다 그들이 저지른 죄의 크기가 훨씬 더 커서 다 그리지 못했다고 한다면 변명이 될 수 있을까? 입 다물고 있었더라면 실력이 '뽀록'나지는 않았을 텐데 그럼에도 불구하고 한 송이 꽃을 바치는 마음으로 이 시를 올렸다.

취미로 시를 쓰지는 않겠다던 약속은 여전히 유효하다

다음 시집을 내기까지 다시 10년이 걸린다면 그때는 이

미 환갑도 지났을 무렵이다. 지난 10년간 작품을 발표하는 일에도 여기저기 얼굴을 내미는 일에도 게을렀다. 그렇다고 이러한 인정과 일말의 반성이 개선으로까지 이어질 거라고는 생각하지 않는다. 여전히 사람들과 섞이는 일이 불편하고 때로는 부당하게도 느껴진다. 어느 선배는 "글은 혼자 쓰는 것이지만 문학은 함께하는 것"이라고 친절하게 안내해주기도 했다. 그의 말에 백번 공감하기는 해도 함께한다는 이유로 패거리를 짓는 것은 아닌지 걱정되는 마음이 더 크다. 나의 곱지 않은 성정을 감안한다면 어딘가에서는 분명히 충돌을 일으킬 것이고 그 충돌은 확대될 가능성마저 충분하다는 걸 스스로 아니까.

그리하여 그간 문학적으로 외로웠다고 해두자. 작품을 발표한 것도 1년에 한 번 발간하는 《제주시조》가 거의 전부였다. 유일하게 이름을 걸어둔 곳이 제주시조시인협회이다. 1년에 한 번 얼굴조차 보기 어려움에도 불구하고 회원으로 받아준 제주시조에 감사드린다.

최근 들어 운 좋게 일부 지면에 '소시집'이라는 이름으로 대거 방출되기도 했으나 그걸 제외하면 몇 년에 한두 편씩 드문드문 죽지 않았다는 사실을 알렸을 뿐이다. 그러나 단언컨대 지난 10년간 발표에는 게을렀으되 결코 작품을 짓는 일에는 게으르지 않았다. 얼마나 써야 많이 쓰는 건지는 잘 모르겠지만 자주 썼고 거듭해서 썼으며, 때때로 혼자서 낄낄거리면서 행복해하기도 했다.

나는 아직도 내가 밝힌 등단 소감을 기억하고 있다. 그때 "취미로 시를 쓰지는 않겠다"라고 약속했다. 아무도 그 말을 귀담아듣지는 않았겠지만 자주 그 약속에 대해 생각한다. 열등감의 발로였을 것이다. 어쩌다 정식으로 등단하는 사람들 틈에 슬쩍 끼어들어 시인이라는 빛나는 이름을 얻었다는 것. 새치기할 때의 그 뜨뜻한 뒤통수의 느낌과 크게 다르지 않았다. 오기라고 해도 딱히 할 말은 없겠다.

고작 두 번째 시집을 엮었을 뿐인데 앞으로는 무엇을 어떻게 써야 할지 막막하다. 이제는 결코 젊다고 말할 수 없는 나이를 지나가면서 시가 되어야 할 것과 그러지 않아야 할 것들을 여전히 분간할 수 있을는지 걱정스럽기도 하다. 더구나 나이 들어 현저하게 기량을 잃어버린 선배들의 시를 대하노라면 그런 두려움은 훨씬 더 커진다. 거기에 더해 시인도 아니고 인간도 아니게 된 이들의 이야기를 들을 때면 잭 런던이라든가 헤밍웨이라든가 다자이 오사무라든가 자살한 작가들의 선택이 이해되기에 이른다.

한번 시인은 영원한 시인이라고는 생각하지 않는다. 시를 쓰는 동안에만 시인이라고 생각한다. 내 삶이 어떤 식으로 전개되든 여전히 시를 생각하는 날이 많을 거라는 건 분

명하다. 내 시선이 오래도록 사람을 향해 있기를 바란다. 고
루해지지 않고 편협해지지 않고, 뭘 지켜야 하는지도 모르
는 채로 보수를 자처하는 늙은이가 되지 않기를 바란다.